EL BOSQUE ROJO
EL RÍO
DE CRISTAL
ESTA ES
MI CASITA
NUESTRO HUERTO

La bruja Ring Ring

Primera edición: noviembre de 2022

Diseño y maquetación: Lacuinagràfica

Dirección editorial: Pema Maymó

La Galera es un sello de Grup Enciclopèdia
Josep Pla, 95
08019 Barcelona
www.lagaleraeditorial.com

Impreso en Egedsa
Depósito legal: B-7.009-2022
ISBN: 978-84-246-7274-4
Impreso en la UE

ALICIA TEBA

La bruja Ring Ring

LA GUARDIANA DEL BOSQUE

laGalera

LILY

Esta soy yo, me llamo Lily pero mis amigos los animales me llaman la bruja Ring Ring. Soy aprendiz de bruja y guardiana del bosque. Mi varita es un lápiz porque me encanta dibujar.

GUISANTE

Es un ratón chiquitito, glotón y pillo. Me acompaña a todas partes y siempre me da buenos consejos. Comer es su deporte favorito.

LA ABUELA HIERBABUENA

Es una gran bruja, poderosa y sabia. Siempre huele a menta fresca y eucalipto. Es experta en botánica y flora. Conoce miles de pócimas mágicas y prepara unas sopas deliciosas.

CORNELIO

Es el gato gruñón de la abuela. Se pasa la mayor parte del día durmiendo al solecito, junto a la ventana, donde nadie pueda molestarlo. No hace falta que os diga que, por supuesto, Guisante y él NO son muy amigos. Pero se soportan.

ALCAPARRA

Es una araña verde de ojos grandes que vive en la cocina. Siempre me ayuda si me olvido algún ingrediente en las pócimas, tiene una memoria enorme para lo pequeñita que es.

CAPÍTULO 1
APRENDIZ DE BRUJA

Cualquier bruja que se precie empieza el día con el pelo alborotado. Y como buena aspirante a bruja, Lily siempre se despertaba con la melena tan revuelta que parecía un nido de pájaros. En medio de tanto nudo y enredo dormía Guisante, su ratoncito blanco.

A Lily le encantaba dibujar. Su cuaderno de bruja, donde anotaba pócimas y hechizos, estaba lleno de dibujos divertidos y algunos un poco raros, que ni ella misma entendía.

Su habitación de bruja era muy bonita, la había decorado ella misma con dibujos, hojas secas y florecillas. Sobre la mesa había montañas de libros de naturaleza, botes de pintura y pinceles.

También había algún calcetín por el suelo porque era un poquito desordenada.

Como buena bruja, tenía su escoba, una escoba que iba creciendo a medida que Lily iba creciendo también.

Era larga y con la punta sinuosa como un pincel. Pero tenía algo que la hacía diferente a las demás.

¡Un timbre! Sí, sí, un timbre.

Un timbre como el de las bicicletas. Lily lo había encontrado en el bosque, lleno de tierra y óxido, su abuela le había ayudado a limpiarlo con una pócima y había quedado como nuevo.

A Lily le encantaba su sonido como de cascabeles alegres.

¡Ring-ring!

Lo hacía sonar cuando sobrevolaba los cielos.

Al oír su timbre, todas las criaturas del bosque sabían que era ella que acudía al rescate.

Por eso la llamaban la bruja Ring Ring.

Lily vivía con su abuela en una encantadora cabaña en medio del bosque.

mundo. En su juventud, la abuela Hierbabuena había viajado mucho, había estudiado botánica en el Amazonas y también había pasado una temporada en el desierto aprendiendo sobre cactus.

Ambas eran brujas y las guardianas del bosque. Aunque Lily todavía era una aprendiz, ya sabía hacer algunas cosas.

Era capaz de hacer magia con pócimas
y de lanzar hechizos con su varita.

La forma de su varita no es como seguramente os imagináis.

¿Sabíais que en realidad las brujas hacen sus varitas con aquello que más les gusta? La de Lily, por ejemplo, era un lápiz; la de la abuela, su cucharón, y la de la tía Tundra, su aguja de tejer.

Pero el mayor poder de Lily era que ¡podía hablar con los animales!

Era una de las grandes ventajas de ser bruja.

Lily bajó corriendo las escaleras.

La abuela estaba en la cocina, esperándola con tostadas recién hechas y una tetera llena.

Cornelio, su viejo gato, se le enredaba entre las piernas cariñoso.
La abuela era el único ser al que Cornelio no detestaba: ella le había salvado la vida.

Lily empezó a untar mermelada en las tostadas. Guisante se sentó a su lado a comer una manzana y miguitas de pan.

—Fuenos fías, afuela —dijo Lily con la boca llena de mermelada de frambuesa.

Su abuela sostenía una carta en las manos y parecía muy preocupada.

—¿Qué te pasa, abuela? —preguntó Lily.

—Es terrible, Lily. Esta mañana ha llegado una carta de la tía Tundra, pidiendo ayuda. El hielo de los polos cada vez se deshace más rápido.

La tía Tundra era una bruja del Ártico, vivía en el Polo Norte y siempre estaba haciendo punto porque era muy friolera. ¿Dónde se ha visto que una bruja de las nieves tenga frío?

Era alta y delgada como una espiga, nerviosa y parlanchina. La tía Tundra era peculiar, pero muy divertida y estrafalaria. Además, era una voladora de escoba magnífica.
En la competición anual de «Altos Vuelos» siempre quedaba primera, volaba mejor que ninguna otra bruja, se deslizaba en el cielo con elegancia, como un trineo en la nieve.

—¿Significa eso que te vas a ir al Polo Norte? —preguntó Lily, levantando las cejas.

—Me temo que tengo que marcharme unos días. Es muy urgente. Esta misma noche saldré de viaje. Supongo que esta vez no pasará nada si te dejo sola, ¿verdad, Lily? —La abuela Hierbabuena la miró frunciendo el ceño.

La última vez que Lily se había quedado sola intentó hacer el desayuno usando su magia y cuando la abuela regresó, se encontró la casa convertida en una tetera gigante. Fue bastante divertido, la verdad, pero a la abuela no le hizo ninguna gracia.

CAPÍTULO 2
EL AULLIDO MISTERIOSO

La abuela se había marchado a medianoche y Lily se había despertado sola en casa. ¡Aquello iba a ser divertidísimo!

—¡Toda la casa para mí! Yupiiiii —gritó entusiasmada.

Cornelio, que aún estaba durmiendo en el alféizar de la ventana, abrió un ojo y la miró con cara de desconfianza.

—Será el fin del mundo... —murmuró con sarcasmo.

—Qué graciosillo eres, Cornelio. No me importan tus bromas, hoy va a ser un gran día.

Cornelio refunfuñó y siguió durmiendo al solecito.

En la cocina, Lily estaba preparando el desayuno cuando alguien muy pequeñito bajó deslizándose desde las vigas de madera.

Era Alcaparra, la araña de la cocina.

—Buenos días, Lily —saludó con una vocecilla de lo más simpática.

—Buenos días, Alcaparra —respondió Lily.

Guisante no perdía de vista la comida. Se estaba relamiendo cuando de pronto Lily tuvo una idea.

—¡Desayunemos en el tejado! —dijo.

Como la idea contenía la palabra «desayuno», a Guisante le pareció bien. Así que Lily empezó el día desayunando en el tejado, observando el precioso y magnífico bosque, con sus pajarillos y sus animalitos... Pero, un momento, algo no iba bien... Aquella mañana el bosque estaba demasiado silencioso.

¿Dónde se habían metido todos los animales?

¿Cómo era posible que el olor de las tostadas recién hechas no hubiese llamado la atención de unos cuantos animalitos golosos? Era verdaderamente extraño. Lily era su amiga y muchas veces venían a verla por las mañanas. Algo estaba pasando y Lily quería averiguarlo. Salieron de la cabaña en busca de respuestas. Llevaban una hora sobrevolando el bosque y todavía no habían visto a ningún animalito.

Lily descendió y bajó de su escoba, luego hizo sonar el timbre varias veces para avisar a los animales de su presencia.

RING RING, RING RING

Pero nada, nadie asomó la colita. Parecía un bosque desierto, solo se oía el rumor de las hojas moviéndose con la brisa.

—Esto es muy raro, Guisante... —dijo preocupada.

—Muy extraño, sí. ¿Cómo es posible que ya tenga hambre si solo hace una hora que hemos desayunado? —dijo Guisante, sorprendido.

—Eso no tiene nada de raro, ¡en ti es normal! —Lily se rio.

De pronto, entre sus risas se coló otro sonido.
Uno oscuro, que erizaba la piel. ¡Auuuuuuuuuu!

Un aullido escalofriante recorrió el bosque y Lily se quedó petrificada. A Guisante se le quitó el hambre de golpe.

Una ardilla se cruzó en su camino mientras huía asustada.

—¡Espera! ¿Qué ocurre? ¿Dónde están los animales? ¿Qué es ese aullido? —le preguntó Lily.

La ardilla, nerviosa, se detuvo y habló muy bajito.

—Es el MONSTRUO. Tengo que esconderme rápido. Deberíais hacer lo mismo.

¡Un monstruo! Lily no esperaba algo así, sus ojos se abrieron y miró a Guisante, que estaba tan asustado como ella. Lily empezó a arrepentirse de que su abuela la hubiese dejado sola.

—Oh, no... Tenemos que volver a la cabaña. Si quieres, puedes venir con nosotros —le dijo a la ardilla.

Esta se subió en su brazo sin dudarlo y regresaron a la cabaña de inmediato. No había tiempo que perder.

El bosque se quedó en completo silencio, ni un trino de pájaro, ni un solo animalito a la vista, todos estaban escondidos en sus madrigueras y nidos.

Allí solo estaba el viento, moviendo suavemente las hojas, que sonaban como un susurro tranquilo. Pero en medio de esa calma...

¡Auuuuuuuuuu!

CAPÍTULO 3
INVITADOS INESPERADOS

Lily había cerrado con llave la puerta de la cabaña y también todas las ventanas.

—Solo espero que no entre aquí —dijo asustada.

—Que no entre ¿quién? —preguntó Cornelio, que estaba en el butacón.

—¡Un monstruo! —gritó Guisante, desesperado.

—¿Un monstruo? Esto os pasa por comer tanta mermelada —gruñó Cornelio.

—¿Un monstruo? ¡Seguro que es enorme! ¡Y a lo mejor escupe fuego! —dijo Alcaparra, que acababa de descender de una viga de madera con su hilito de telaraña y estaba más nerviosa que nadie.

—Pues a mí, mientras no me dé un baño, no me da miedo —dijo Cornelio.

—Cornelio, si el monstruo viene va a hacer cosas mucho peores que darte un baño —contestó Lily.

Entonces alguien llamó a la puerta. Toc-toc.

Todos se quedaron helados. ¿Sería el monstruo?

Toc-toc. Toc-toc. Lily miró de reojo a sus amigos y les indicó que guardaran silencio con un «¡chist!». Y, temblando, cogió su varita y caminó sigilosa hacia la puerta.

Que un monstruo llamase a la puerta era extraño. ¡A lo mejor era la abuela, que había vuelto antes de lo previsto!

Aunque seguro que era el monstruo, un monstruo que llamaba a las puertas, un monstruo muy educado, sin duda.

Lily miró por el agujero de la llave. Pero al otro lado no había nadie.

De pronto, toc-toc, otra vez.

Pero seguía sin verse a nadie en el exterior, no había nadie llamando a la puerta. ¿Cómo era posible?

Lily introdujo la llave en la cerradura, la giró y abrió la puerta lentamente, esperando que aquel toc-toc fuese solo el viento o una rama.

—¡Hola, Lily! —dijo una vocecilla a sus pies.

Bajó la mirada y, sorprendida, se encontró con la familia Diente de León.

—Hola, señor Conejo —dijo Lily, aliviada de que en su puerta no hubiese ningún monstruo, sino cinco conejitos adorables.

—Lily, ese monstruo horripilante nos da mucho miedo, ¿podemos quedarnos contigo? —preguntó con su vocecilla.

—Claro que sí —respondió Lily sin dudarlo—. Cualquier animal es bienvenido.

Los conejitos entraron dando saltitos, con sus suaves colitas y sus largas orejas.

No habían pasado ni diez minutos cuando alguien volvió a llamar a la puerta. Lily no podía creerlo. ¿Serían más conejitos? ¿La abuela? ¿Sería el monstruo educado? Lily abrió la puerta despacio.

¡Era un mapache!

—¡Migajas, cuánto me alegro de verte! —dijo Lily.

—Hola, Lily. ¿Puedo esconderme aquí?

Migajas era un mapache muy divertido, Lily lo quería mucho y, naturalmente, lo dejó pasar.

Durante toda la tarde, todo tipo de animalitos llamaron a la puerta de la bruja Ring Ring para resguardarse de aquel peligro que acechaba en el bosque.

CAPÍTULO 4

UN HECHIZO NUEVO

Poco a poco, la casa se había llenado de orejitas,
colitas y bigotes. Algunos dormían,
otros jugaban y algunos se subían por las paredes.
A pesar del descontrol,
Lily estaba encantada de tenerlos allí.

Lily preparó una sopa para todos,
cenaron y rieron juntos.

Pero en la alegría
de la cabaña se coló
un estremecedor
«¡auuuuuuuuu!».

Rápidamente volvió
a cundir el pánico.
Los animalitos corrieron
asustados en todas
direcciones. Muchos
se subieron encima de Lily,
que acabó casi sin poder
moverse.

—¡Tenemos que hacer
algo! —gritó un ratón.

—Lily puede hacer
un hechizo —dijo el tejón.

—Claro, que haga su
magia de bruja
—le siguió el ruiseñor.

—¿Qué hechizos te sabes?
—preguntó una ranita.

Todos la miraron
fijamente.

—Ninguno que sirva para enfrentarse a un monstruo —suspiró, decepcionada.

—Prueba uno nuevo —añadió el señor Conejo mientras examinaba muy atento el libro gigante de hechizos—. Se trata de una emergencia ultramáxima.

Poco convencida, Lily cogió el libro y buscó algún hechizo.

Su abuela era quien le enseñaba los hechizos nuevos, hacer magia avanzada por su cuenta podría ser muy peligroso.

Tragó saliva y, llena de dudas, señaló uno.

—Mmm... ¿Este?, el hechizo empequeñecedor. El libro dice que puede convertir lo más grande en diminuto. Haremos al monstruo muy pequeñito.

Todos pensaron que era una gran idea porque los monstruos pequeñitos no dan nada de miedo.

En la mesa habían colocado
una calabaza y Lily la miraba
fijamente, muy concentrada.
Debía practicar un poco
antes de poder lanzar el hechizo
al monstruo, y lo mejor
era practicar con verduras.

Se colocó en posición y levantó su varita.
Respiró profundamente y dijo:

—Igual que un grillo, haz que me quepa en el bolsillo.

De la varita de Lily salió un rayo morado y brillante que dio en el centro de la calabaza.

¡Buuuuum! Explotó en mil pedacitos minúsculos.

Trocitos de calabaza salieron despedidos en todas direcciones y dejaron la cabaña pringosa.

Se hizo un silencio.

Lily estaba llena de pringue, pero no iba a rendirse tan fácilmente. Se limpió y, con decisión, puso otra calabaza sobre la mesa. Los animales se miraron entre sí, intrigados.

De nuevo apuntó, respiró profundamente y repitió:

—Igual que un grillo, haz que me quepa en el bolsillo.

¡Buuuuum! Puré de calabaza por todas partes.

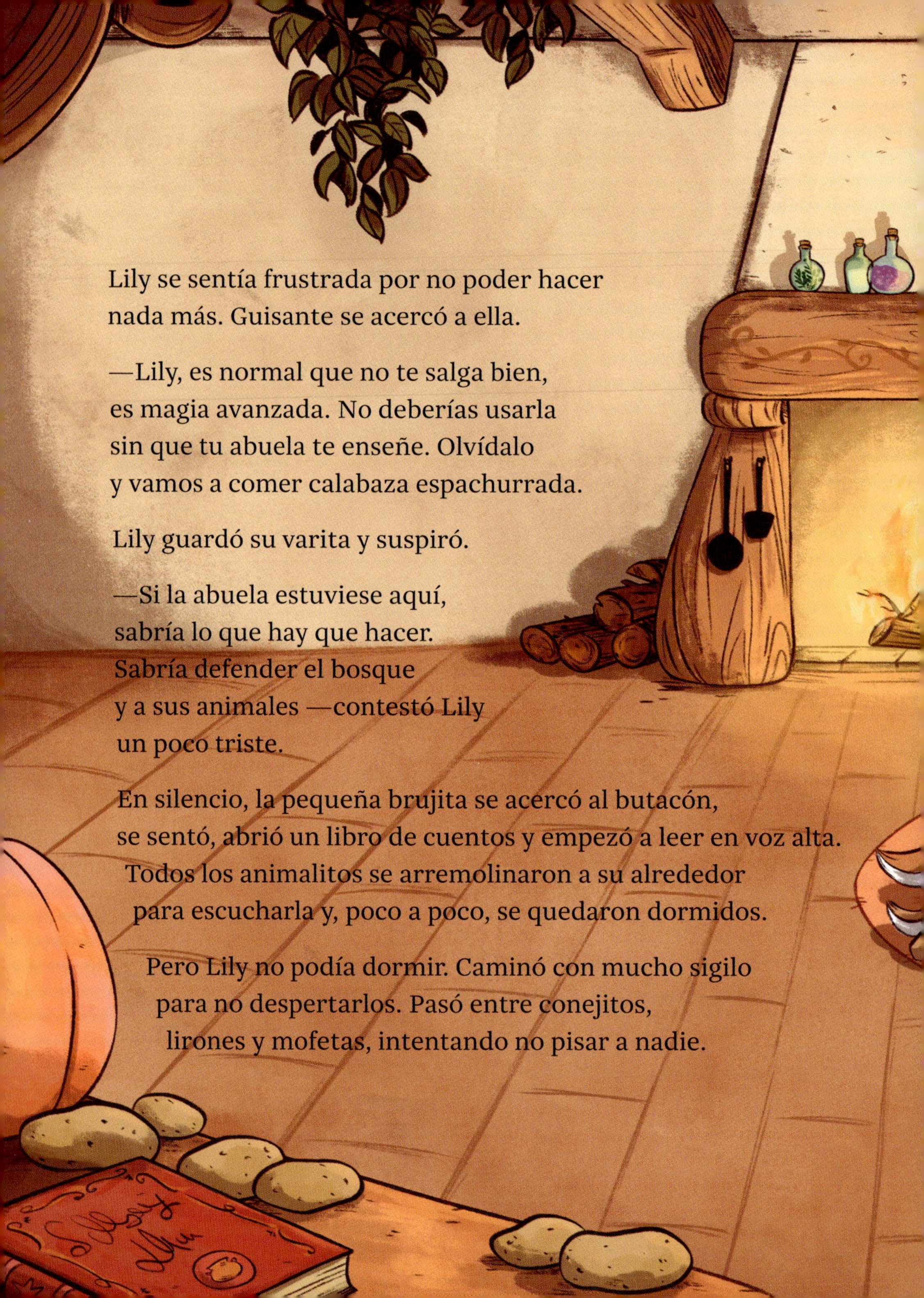

Lily se sentía frustrada por no poder hacer nada más. Guisante se acercó a ella.

—Lily, es normal que no te salga bien, es magia avanzada. No deberías usarla sin que tu abuela te enseñe. Olvídalo y vamos a comer calabaza espachurrada.

Lily guardó su varita y suspiró.

—Si la abuela estuviese aquí, sabría lo que hay que hacer. Sabría defender el bosque y a sus animales —contestó Lily un poco triste.

En silencio, la pequeña brujita se acercó al butacón, se sentó, abrió un libro de cuentos y empezó a leer en voz alta. Todos los animalitos se arremolinaron a su alrededor para escucharla y, poco a poco, se quedaron dormidos.

Pero Lily no podía dormir. Caminó con mucho sigilo para no despertarlos. Pasó entre conejitos, lirones y mofetas, intentando no pisar a nadie.

En la cocina, Lily colocó más verduras sobre la mesa y siguió practicando, hasta el amanecer.

CAPÍTULO 5
EN BUSCA DEL MONSTRUO

Lily se había quedado dormida sobre la mesa, rodeada de verduras espachurradas.

Estaba agotada. En el frío silencio de la mañana se oyó un lejano «¡auuuuuuu!» y Lily se despertó asustada.

Pero entonces miró a todos los animalitos que estaban durmiendo en su salón. Tenía que intentar protegerlos, fuese como fuese. ¡Basta ya de explotar verduras!

Lily se puso en marcha, se montó en su escoba y se adentró en el bosque con decisión y valentía, en busca del monstruo.

Aunque le temblaban las piernas, todo el miedo desaparecía cuando pensaba en Guisante o en Migajas, en la familia Conejo o incluso en Cornelio. Ella quería defenderlos, a todos.

Lily siguió el sonido
de los escalofriantes aullidos,
que se colaba entre los espesos árboles.

¡Auuuuuuuu! ¡Auuuuuuuu!

Aquellos aullidos habían sonado
muy cerca. Lily bajó de su escoba
y siguió a pie. Dio unos cuantos pasos
con cautela, intentando
que el terror no la dominase.

¡Auuuuuuu!

El monstruo estaba a pocos metros, casi podía sentirlo.
En un claro del bosque, Lily vio un árbol hueco muy ancho y grande, de ramas retorcidas y sin hojas.

¡Auuuuuuu!

Los aullidos venían del árbol.
¡El monstruo debía estar escondido dentro!

Lily tragó saliva, apenas podía respirar.
Estaba tan nerviosa que no notaba ni los dedos de los pies.
Aquello podía ser el fin.
Aquel monstruo sin duda iba a comérsela. ¡Qué horror!

Apenas podía sostener su varita con firmeza, pero se plantó ante el árbol y gritó:

—¡Sal de ahí, monstruo, no te tengo miedo! ¡No dejaré que asustes a mis amigos!

Nadie respondió. Todo permaneció en silencio. Lily dudó, pero poco a poco se fue acercando al árbol.

Con mucha cautela, se asomó y miró dentro del agujero del árbol, pero no vio a ningún monstruo.

Lily descubrió con sorpresa que se trataba de una loba muy asustada y que estaba acurrucada en su interior.

La loba tenía la pata atrapada en un mecanismo de hierro que le había provocado una herida y no se podía soltar.

—Hola —susurró—. Soy Lily. No tengas miedo, soy una bruja del bosque.

—Me llamo Galena
—respondió la loba
con una voz profunda
y cálida.

—¿Quién te ha hecho esto, Galena? —preguntó Lily, preocupada.

—Me ha mordido una trampa humana, de los cazadores. La pisé hace dos días y no me la puedo quitar. ¡Auuuuuu!

—Te ayudaré —dijo Lily con una sonrisa—. Conozco el hechizo perfecto.

Lily apuntó a la trampa con su varita y gritó:

—¡Igual que un grillo, que me quepa en el bolsillo!

Un intenso rayo morado salió de su varita y ¡buuum!, la trampa explotó en mil pedacitos pequeños, liberando así a la loba.

Por suerte, su hechizo empequeñecedor era el más desastroso del mundo.

Lily sacó unas hierbas y unos vendajes de su bolsa, y curó la herida de Galena con mucho cuidado.

—Gracias, Lily, guardiana del bosque —dijo la loba.

A Lily le impresionó que la llamasen guardiana del bosque. Era la primera vez que alguien lo hacía, ella aún se sentía como una principiante, pero sonaba bien.

CAPÍTULO 6
DE VUELTA A CASA

Estaba muy feliz de haber podido ayudar a Galena
y le propuso que la acompañase a la cabaña
para conocer a sus amigos.

Por el camino, Galena le contó
que venía de muy lejos,
de tierras donde el hombre
nunca los deja tranquilos,
y que llevaba caminando
muchos días en busca de un lugar profundo
del bosque donde vivir en paz.

A Lily no le sorprendió aquello.
Su abuela le había hablado muy poco de los humanos,
pero aun así no le caían demasiado bien.

Como decía la abuela: «Un bosque sin humanos, es un bosque sano».

Cuando ya estaban llegando a la cabaña, Lily hizo sonar el timbre de su escoba: ¡ring-ring!

Todos salieron de la cabaña felices y dando saltitos de alegría, gritando: «¡Lily ha vencido al monstruo! ¡Hurra! ¡Lily es la mejor!».

De pronto vieron que Lily no estaba sola.

—Tranquilos, no tengáis miedo. Galena es una loba gris de las montañas. Está buscando un bosque en el que vivir en paz —explicó Lily.

—¿Qué ha pasado con el monstruo? —preguntó Guisante.

—Los aullidos eran de Galena. Una trampa humana le dio un mordisco en la pata... No todos los monstruos son como imagináis, debéis tener cuidado —dijo Lily.

Poco después llegó la abuela Hierbabuena y Lily la recibió con el abrazo más fuerte del mundo.

Le contó, muy emocionada, toda la aventura. Hablaba tan rápido que no le daba tiempo a respirar.

—Abuela, ha sido increíble. Todos pensábamos que había un monstruo y resultó que era una trampa en la pata de Galena. Pero la curé y...

—¡Hay verduras explotadas por toda la cabaña! —añadió Guisante en un ataque de emoción.

La abuela se rio y felicitó a Lily por su valentía.

—Lily, has actuado como una gran bruja. Te has esforzado por proteger a los animales y has curado a Galena. Estoy muy impresionada.

Lily sonrió con toda la cara, con los ojos, la nariz, el pelo y las mejillas, porque estaba muy orgullosa de sí misma.

—Solo espero que no haya caquitas de conejo en mi cama... —dijo la abuela, levantando las cejas.

Lily se puso colorada y miró de reojo a la familia Diente de León: estaban muy nerviosos y sus naricitas se movían sin parar.

—¡Ay, abuelita, cuánto te hemos echado de menos! —dijo Lily, disimulando—. ¡Voy a dibujar todo esto en mi cuaderno! —Y sonrió.

Tras semejante aventura y tantas emociones, todos cayeron rendidos bajo un árbol grande y frondoso que dejaba pasar la luz entre sus hojas, como besos de sol meciéndose en el aire.

FIN

¡ESPERA! ESTA HISTORIA NO HA TERMINADO.

AHORA TE TOCA A TI.

TÚ TAMBIÉN PUEDES SER UN GUARDIÁN
O UNA GUARDIANA DEL BOSQUE.

AQUÍ TIENES MI CUADERNO DE BRUJA.
¿ME AYUDAS A PROTEGER LA NATURALEZA?

Lily

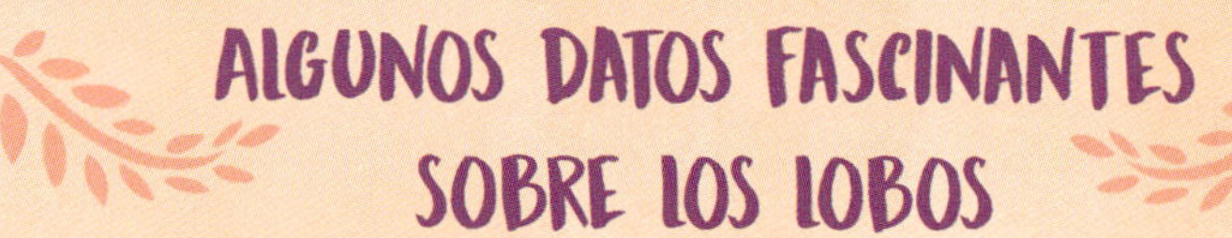

ALGUNOS DATOS FASCINANTES SOBRE LOS LOBOS

LOS LOBOS SON ANIMALES TÍMIDOS Y RARA VEZ SE ACERCAN A LOS HUMANOS.

EN ESPAÑA VIVE EL LOBO IBÉRICO, PERO ESTÁ EN PELIGRO DE EXTINCIÓN.

LA CAZA FURTIVA ES ILEGAL PERO SE SIGUE PRACTICANDO Y POR ESO EL LOBO ES UNA ESPECIE AMENAZADA. GALENA CAYÓ EN LA TRAMPA DE UN CAZADOR.

SÍ

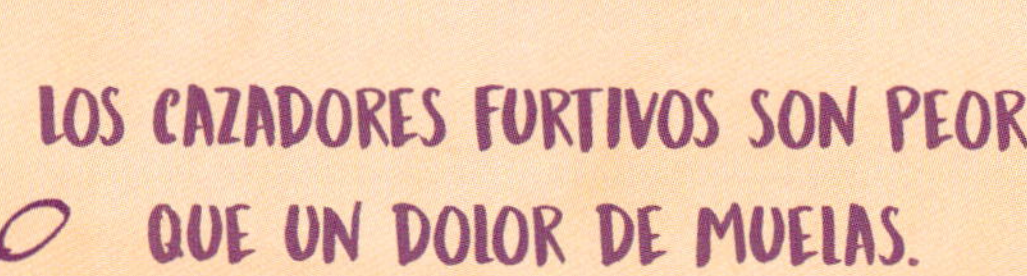

LOS CAZADORES FURTIVOS SON PEOR QUE UN DOLOR DE MUELAS.

HAY MUCHOS TIPOS DE LOBOS EN EL MUNDO.
HABITAN EN AMÉRICA DEL NORTE, EUROPA,
ASIA Y ÁFRICA DEL NORTE.

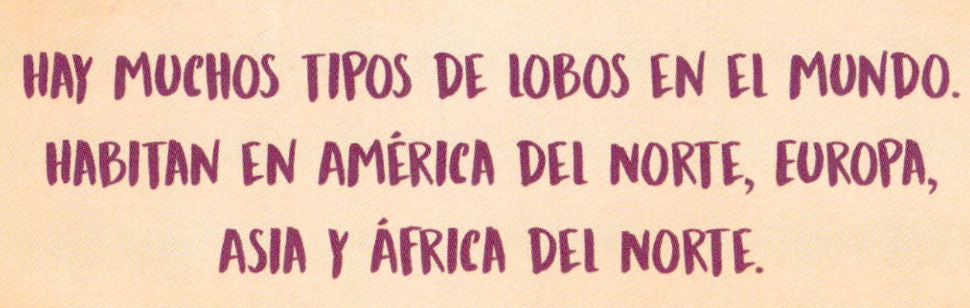

PUEDEN SER OSCUROS, PARDOS, GRISES, ROJOS O BLANCOS.
GALENA ÉS UNA LOBA GRIS.

LOS LOBOS PUEDEN SOPORTAR CLIMAS FRÍOS
DE HASTA 50 GRADOS BAJO CERO.

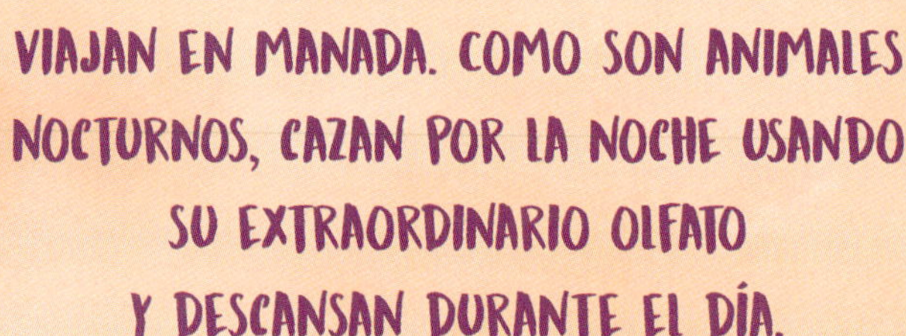

VIAJAN EN MANADA. COMO SON ANIMALES NOCTURNOS, CAZAN POR LA NOCHE USANDO SU EXTRAORDINARIO OLFATO Y DESCANSAN DURANTE EL DÍA.

SON ANIMALES INTELIGENTES Y MUY SOCIALES.
SON SOLIDARIOS CON SU MANADA.
CAZAN SOLO PARA ALIMENTARSE Y ASÍ MANTIENEN LOS ECOSISTEMAS SANOS Y EN EQUILIBRIO.

LOS LOBOS AÚLLAN A LA LUNA PARA COMUNICARSE ENTRE ELLOS Y ¡TAMBIÉN PORQUE LES GUSTA!

¡auuuu!

EL LOBO ES UNA DE LAS ESPECIES MÁS ANTIGUAS QUE EXISTEN. SE CALCULA QUE LLEVA MÁS DE 100.000 AÑOS VIVIENDO EN LA TIERRA.

AYÚDAME PARA QUE LOS LOBOS SIGAN VIVIENDO EN LA TIERRA MILES DE AÑOS MÁS.

↑ Galena

Lily

LAS MONTAÑAS
DEL NORTE
EL GRAN BOSQUE
EL LAGO
DE AGUASFRÍAS